여름밤의 눈사람

이일우

1953년 전북 무주에서 태어나 가천대학교 국어국문학과 박사과정을
수료했다. 2016년『문학청춘』으로 등단하여 작품활동을 시작했다.
ridssyong@hanmail.net

황금알 시인선 227
여름밤의 눈사람

초판발행일 | 2021년 4월 19일

지은이 | 이일우
펴낸곳 | 도서출판 황금알
펴낸이 | 金永馥
선정위원 | 김영승 · 마종기 · 유안진 · 이수익
주간 | 김영탁
편집실장 | 조경숙
표지디자인 | 칼라박스
주소 | 03088 서울시 종로구 이화장2길 29-3, 104호(동숭동)
전화 | 02)2275-9171
팩스 | 02)2275-9172
이메일 | tibet21@hanmail.net
홈페이지 | http://goldegg21.com
출판등록 | 2003년 03월 26일(제300-2003-230호)

ⓒ2021 이일우 & Gold Egg Publishing Company Printed in Korea
값은 뒤표지에 있습니다.
ISBN 979-11-89205-90-4-03810

여름밤의 눈사람

이일우 시집

황금알

| 시인의 말 |

고개 넘는 노루가 멈춰 서서 뒤돌아보는

바람이 참꽃에 몸과 마음 다 맡기는

구렁이 만난 두꺼비가 능글거리는

모음 만난 자음이 반란을 일으키는

꾸지뽕 꿰어다 꽃술 다독인

새봄 송파나루에서

이일우

차 례

1부

2부

3부

4부

1부

알랑방귀 뀐 분들

서둘러
땅 구석구석 깨운 분들

홀아비바람꽃며느리밥풀꽃각시붓꽃족두리풀꽃범의꼬
리제비꽃냉이꽃영아자풀금불초털쥐손이풀바람꽃노랑미
치광이풀복수초꽃다지

봄내
터주께 알랑방귀 뀐 분들 다
내 뿌리다

달천 갈대

자갈 한 톨이라도 더 움켜쥐고 싶어서
뜨거운 볕뙤을 받아내야 했다

하루 수만 번 쓰러지고 일어나며
마디는 속을 텅 비웠다

벼락과 태풍의 등줄기를 견딜 때
바람 갈라지는 소리를 들었다

흔들리며
흔들리지 않았다

무시로 혀 내밀어 허공을 핥으면서
누구도 못 알아듣는 말 중얼거렸다

달천 둔치
몽당발이가 다 된 갈대

절뚝거리며
낮달 한입 물고 간다

여름밤의 눈사람

눈사람을 만든다
눈 위에 눈
비뚤어야 사람이라는 눈이라는 사람
꼿꼿이 세워도 지축을 품고 살아
삐딱하게 당당하다

저쪽으로 넘어갈 몽당발 하나 마련하지 못한
펑퍼짐한 얼굴이 아른거린다

이리저리
눈 코 입 뜯어고쳐 본다
다듬으면 뭉개지고 고치면
녹아내리고 마는 액자 속 액자
그 속에서 웃고 있는 너

눈 크게 뜨면 사라지고 말
이글이글
밤새 눈 속을 달구는 사람

그릴 수 없는 것을 그리고 싶어서
환한 밤중
타버린 숯덩이 끈질기게 물고 늘어진다
다 녹아서 뜨거운 너

훅!
나를 빨아들인다

먼지, 눈부시다

보도블록 틈에 민들레 피었다 단번에 날아올라 점점이
허공에 빠진다 가창오리 떼다 구름이다 은하수다 하늘
이다 우주 하나 바싹 마르고 있다

소리 없이 일어나야 해 맨몸으로 날아야 해 억수의 정
자가 난관을 헤엄쳐 건너듯 너 있는 곳으로 모두 일어나
뽀얗게 들끓어야 해 재채기하고 콧물 흘리고 눈머는 바
람 인생은 흙이야

살아있는 자국이다 그냥 냅둬라 손가락으로 휘적거리
던 한 움큼 살비듬을 물끄러미 바라보며 그는 손을 내젓
는다 세상에 제 것이라고는 스스로 싸놓은 것밖에 없다
고 제 것 가지고 놀던 아기가 되어 가는 것인가 비낀 햇
살이 얼굴을 붉힌다

흔적 없이 나타나는 거꾸로 솟구치는 벌렁 고꾸라지는
발칵 뒤집히는 끊임없이 꼼지락거리는 ……   침묵시위
다 무한도전이다 거침없는 자기현시다……
문이 열리고 햇살 쏟아지자 유유히 사라지는 춤꾼들

앞마당에 오랜 수묵화 한 점 바람이 꽃잎 뿌려 산수화를 앉혔다가 내린다 햇살이 느린 붓끝으로 빈자리를 이글이글 채워나간다 버찌가 덕지덕지 분칠하며 궤변을 수놓자 빗방울이 박박 문질러 뭉갠다 가지만 남아 떠는 밑그림을 하얗게 지운 날이다 다 지운 눈 속에 수묵화 한 점 오슬오슬

억새

바람과 모로 서 봐
억새대궁 이빨로 물고 눈을 감아봐
양손으로 귀를 막으면서
입술을 살짝 떼어 봐

순간
어떤 신도 구원할 수 없는 대궁의 허기진 몸부림이
격렬한 선율을 토해냈어
정수리에서 등골로
바람의 갈기가 스치는 곳마다
꽃이 돋았지
하늘은 금세 동강이 났고
조각난 파편들이 먹구름에 꽂히면서
거침없이 두들기는 난타
꼭 감은 눈 속으로 왈칵 덤벼드는
너의 눈빛이었어

잎이 필 겨를도 없이 꽃부터 밀어 올리는 봄밤
너의 폐부에서도 폭동이 일고

너의 살점도 떨고 있었겠지

별을 지운 먹구름 속으로
바람은 짐짓 음악을 휘몰아 사라졌지
거덜 났던 몸뚱이는 사태 난 꽃자리의 불덩이 삭히며
뚝 멈춰선 대궁의 침묵에 숨이 조여 오는데
후드득 새삼 굵어지는 너의 숨결
대궁 끝에서 물구나무를 서는 소리
바람 한번 바뀌면 헛것이 되었다가
헛것이 불쑥 신비를 길어 올리는
귀신 씌운 너의 웃음이 쏟아졌지

겨울 강을 건넌 빈 가지에 억수의 잎맥들이 굼실거리
듯이 태풍과 천둥을 견딘 대궁 속에 신들린 노래가 살아
나도 모르게 내 명치 속에 숨어 사는 바람꽃을 깨웠어

들큰한 바람이 참을성을 건드려도
가슴 설렐 일 없는 밤
허연 머리칼 날리는 억새 대궁 꺾어

입에 물어보는 참이야
흐릿한 소야곡 한 악절
금세 쏟아질 것 같아서

신기루

바람 분다
흔적 모조리 지워진다

수시로 미끄러지는 뒤꿈치
사방 툭 터져야 더 선명한 당신

히잡을 둘러쓰고
해를 등져야 할까?

누비옷을 걸치고
별을 좇아야 할까?

허공 누각 기웃거리다가
흔적 없이 타버리는 숨

어디를 디뎌도 길인데
어디에 닿아도 한데다

알까?
당신이 부른 이 길

거미

지문을 풀어 주역의 괘를 짚는다
줄은 수시로 옹알이를 한다
바람 숭숭 빠져나간 자리
줄줄이 흔들리는 음운들
해석은 푸는 것이 아니라 낳는 것

불면의 밤이 오면
기다림의 몸무게는 고작 일 그램
황홀한 나방의 육두문자가 이마를 후려칠 때
눈꺼풀 밖에서 번쩍 드러나는 허기

외롭다는 것은 한 우물을 파고 있다는 것
기다림이 길다는 것
난간과 난간을 건너가는 것

팔목팔족八目八足으로도 다 꿰뚫을 수 없는 음양의 어지
럼증
수만 번 읽어 내려가도 미답인 지문
무릎 먼 곳에서 징 소리 같은 중심이 몰려온다

어둠의 촉수들이 세계의 폐부를 건드릴 때
일신일국一身一國, 괘 한가운데 턱 버티고 서서
나는 놈만 제대로 손볼 줄 아는
줄 하나로 얻는 천하

물은 그렇게 흐르고 싶었던가!

"조상은 어찌 뵙노?"
듬성듬성 남은 이빨
삼촌은 쭉정이 벼이삭을 들어 보였다

여름내 궂은 날이 이어지다
마침표를 찍듯 반도의 몸통을 꿰뚫은 태풍
산에서 쏟아낸 황토물은 막 고개 쳐든 벼이삭
마구 짓뭉개 놓았다

하루 구백 밀리리터
물 폭탄 터진 날, 펑 뚫린 가슴은
한가위 보름달이 다 차도록 아물지 않았다

사람이 닦고 펴고 공들인 둑
물은 흔적 없이 쓸어내며
옛날 물줄기를 찾아 흐르고

노인들만 지키다 맥없이 무너져 내린
대동보

인재라고 천재라고 잘도 짚지만

물이 닿으면 스르르 열리는 물길을 보며
어른들은 고개를 끄덕였단다

가을걷이가 한창일 때 모래밭을 일구는
구릿빛 팔뚝에는 힘줄만 서고

"구절초는 왜 저리 싱싱한고?"
파란 하늘에 실구름만 흩뿌려도
삼촌은 가슴을 쓸어내렸다

비에 젖다

주렴 뒤
눈빛이 차가웠다
칭얼거리는 물방울이 뼛속까지 파고들고
환청처럼 너를 호명했다

너를 받아 적었다
젖은 숨소리는 이미 이모티콘*
더듬더듬 읽다 보면 기하급수로 분열하고
깨끗이 씻어도 흔적이 남는 수채화

고운 말은 다 쓸려 내려가고
가시만 씹혔다
바늘투성이 선인장처럼 우두커니 서서
사막에 내리는 비를 떠올렸다
목이 탔다

허기진 혓바닥이 한바탕
먹구름을 핥았다.
죽은 말들의 홍수 속에서 너의 통점을 끄집어냈다
해석을 거부한 분홍이 침샘에 고였다

너는 한랭전선의 방식으로 주렴 안에 있고
분홍은 어느새 검댕이 되어 입속에서 우글거렸다.
사선을 그으며 머리카락이 쏟아져 내리고
퉁퉁 불은 오후가 회오리쳤다

* 이모티콘 : 컴퓨터나 휴대전화의 문자, 기호, 숫자 등을 조합하여 만든 그
  림문자. 감정이나 느낌을 전달할 때 사용한다. '그림말'로 순화되었다.

풀밭에서 풀로 살기

바람이 불어야 한소리 한다
흔들리며 아우성쳐야 산다고 읽힌다

풍찬노숙, 평생 지붕 없이 살아도
하늘 높은 줄 안다

부딪치면서 단단해지는
생채기의 문장이 팔만사천
밥그릇 넘보는 눈총이 빼곡하다

너를 증오하지만
살면서 너의 문맥을 한목소리로 읽어 내려가는
가문의 내력이 있다

살을 섞으며 살고 싶다
너의 뿌리에 삭신을 녹이고
너의 무늬로 수를 놓고
너의 밑바닥에 포개지고 싶다

바람 잠든 새벽
불면의 문장이 깨어나
해가 뜨면 흩어지는 이슬의 문법
오목가슴에 새긴다

야옹이가 응애응애

응애 —
한 줄기 불빛이 어슬렁거린다
꿀꺽! 허기를 삼키는 골목
놀란 어둠이 눈을 깜빡거린다
어두울수록 밝아지는 귀
울음이 탄다
타지 못한 색은 숯이 된다
밤바람이 갈기를 부르르 떨자
벌건 아랫도리가 불끈거린다

응애 —
갈고리달이 공전의 태엽을 죈다
떡 버티고 선 사타구니에서
쇠꽃이 핀다
벼린 발톱에 탄내가 흥건하다
꽉 닫힌 창문에 뻥 뚫리는 문구멍

야옹이가 응애응애 울 때
어둠은 쌓일수록 단맛이 난다

색을 몽땅 끌어모은 금강의 어둠
한쪽으로 한쪽으로만 찢어지는 소리
터진 실핏줄이 턱밑까지 숨을 밀어붙인다
울음으로 울음을 지운다
다 못 탄 발톱이 새벽을 깨운다

응애 ―

눈의 문법

눈끼리 기대어 건너는 겨울
눈은 눈이 하나도 차갑지 않다

눈은 바닥 깊은 곳에서 글을 쓴다
글은 칼바람의 필치를 익혀서 선이 굵다

밑바닥에 쌓여도
꼭대기에 얹혀도
한결같은 체온으로 서로를 껴안는

싸락눈과 함박눈은
백지 속에서 평평해진다

그 차가운 따뜻함으로
한뎃잠을 자는 것들의 심장을 덥혀주고

깊이를 헤아릴 수 없는 여백의 화법으로
걱정 마라
걱정 마라

오슬오슬 떠는 어깨를 다독이는 눈이 있어

나는

황사 속에서도 한껏 터지는 목련을 보며
깊은 골 바위 응달에 아직도 숨 쉬는
하얀 눈을 들춰보는 것이고

매미 소리가 숲을 떠메고 가는 날에도
정수리에 박힌 설국의 문장을 꺼내
서늘하게 읽어보는 것이다

이슬

우주가 내려와 토란잎에 둥지를 튼다
우주끼리 알토란이다

우주 속에서
갓 깬 박새 솜털에 물결이 인다
허물 벗는 물잠자리 양수 마르는 소리가 고요를 좇는다
그리움을 다 지우지 못한 그믐달이 실낱같은 윤곽을
비우고 있다

꿈속에 빠진 우주의 몸 여미는 소리, 별 쪽으로 돌아
앉는 소리, 먼동 긷는 소리

이 세상에는 없는 화석으로 살고 싶은 울렁거림이다
밤바람에 들킨 속내 별자리에 묻고 싶은 두근거림이다
눈부처로 거듭나고 싶어서 마주 들여다보는 글썽거림
이다

토란잎은 우주의 손금을 부풀린다 수평선과 지평선이
맞닿은 곳에서 똬리를 틀고 있는 운명선

햇살 번지자 우주는 서둘러 무지개를 띄운다
앞서거니 무지개다리를 건넌다

봄밤

몸져누운 비석이
환생의 혼불을 퍼덕인다

밤하늘 자욱하게 건너오는
화신花神

혀 풀린 개울물이
어둠의 뿌리를 핥는다

벌거벗은 나무에 도두새겨지는
상형문자들

바닥까지 쓰러져야 다시
곧추설 수 있는 봄밤

도롱뇽이 하늘에 오르고
남루가 우주를 품는다

허물어진 달이 산등성이에

목을 맨 뒤

불씨 숨긴 바람의 힘줄에
파란 피가 몰린다

봄날

눈 녹은 물이
땅속 목련 뿌리털을 더듬는

물감 찍어 바른 버들가지
붓끝이 푸르르 떠는

강 건너온 바람이
늙은 벚나무 성감대를 건드리는

핀 줄도 모르는 진달래
기미낀 얼굴들이
산자락으로 옮겨붙는

나비 날개 하르르 홑적삼 입고
문득 나타날 것만 같은

아무 말이나 내뱉고 싶은
무수한 혀의 촉들

2부

단풍나무 수목장

부활한 손끝에서 나를 버린다

서로 다른 붉음이 허공이 된다

햇살이 말갛게 헹궈내는 선홍 얼굴
네눈박이하늘소가 꼼꼼히 새겨 놓은 유서 같다
무당벌레가 슬쩍 흘린 음화로 보인다
한 번도 발굴된 적 없는 갑골문으로 읽힌다
누가 씻어도 지워지지 않는 흔적이다

살은 다 내어주고 뼈만 남아 빛나는 이가 있다

나방은 어디 숨겼을까?
바닥을 쓰는 손바닥들
서릿발과 한랭전선을 기억하는 가파른 눈꼬리

말을 잃으면 하늘이 파랄까?
머리부터 타기 시작해 발끝까지 무섭게 번지는 불
화구에 장작을 더 깊이 밀어 넣으며
너의 말을 받는다

초승달

그녀가 낚시눈을 던졌다
나는 덥석 물었다
허리가 낚싯대처럼 휘어졌다

발버둥 칠수록 깊숙이 박혀오는 미늘
느슨하게 풀다 바짝 죄었다
목구멍에서 단내가 돌았다

그녀는 잔영을 산마루에 걸어두고
이내 자취를 감춰버렸다

검은 장막 속에 가두어진 독심
져서도 살아서
어둠을 환하게 들여다보다니

땅거미가 짐승처럼 웅크린 밤
깊은 곳에서 맨몸이 꿈틀거렸다

장미의 이름

사랑을 먹고 사는 족속은 외롭지

화장은 외로움을 지우는 일
사라지는 것들은 아름답고 아름다운 것들은
외로워서
화장을 해

내게서 색色을 꺼내려 하지 마
오월은 풀물에 개지 않아도 그대로 색色
굵어지는 주름 위
너의 뜨거움을 덧칠하는 화장이야

꽃으로 살고 싶어 가시를 품지
너의 서투른 접근을 막으려는 철망 아니야
내 깊숙한 곳에 쌓인 응어리를 뚫는
침이야

엉덩이에 핏물 들도록 무너졌지
하루 수천 번 허물어지는 일은 또

얼마나 눈부신가

지금 나는 너를 배는 중이야
오지 않는 내일을 기다리며

무섭을 탄다는 것은 살아있다는 것
살아있는 것들은 불과 그을음 사이
숨결에 흔들리지

다시는 여왕이라 부르지 마
장미,
이제 싫어

일식

나를 태워 너를 지운다

천만의 동공을 코로나 한 테두리에 묶는다
칠흑을 한껏 빨아들인다

몸이 기억하는 대로 읽는다
맞물린 혀끝에서 비말이 튄다
허기진 숯가마에 익사하는 하얀 구두들

홀랑 태워야 해

늑대의 울음이 돈다
불똥이 회오리친다

색안경을 써야 보이는 범죄자라니

줌 다운,
렌즈의 초점이 거울 속에 빠진다
삼킨 불덩이를 게운 여자가 머리를 빗고 있다

얼굴을 찡그리며 쳐다보고 있던 연인이
뒤를 보이며 걸어간다

한낮이 슬쩍 기운다

반딧불

들키고 싶은 밤이다
발 앞의 낭떠러지다
얽혀야 풀리는 매듭이다
하늘로 오르는 자욱한 풍등들
한순간 수억 날리는 이모티콘이다

나를 환히 밝히고 너에게 간다

사는 일이 발광인데
버릴 것은 몸 밖에 없어서
몸 버릴 빛밖에 없어서
다 태우고 끝맺는 축제다

시간은 늘 남의 편
동이 트기 전에 너에게 다다라야 한다

다 잘 때 미쳐 떠도는 등신
자나 깨나 너를 좇는 상등신

캄캄해서 환한 길에서
죽음으로 완성하는 전성기

허공 가득 별이 박힌다
그믐이 사방으로 흩어진다

서울 동백

어린 그녀가 죽었다

밀봉된 봉오리에 촘촘한 유서

서울에서 꽃으로 핀다는 것은
네온등에 영혼을 그을리고
알몸의 뿌리에서 심장을 꺼내야 하는 일이라서

뼈저린 관다발 통째로 염險을 했을 터

영하 십육 도는 함부로 살을 섞는 것이 아니라고

붉음이 사무쳐서 피를 끓이고
그 피 사무쳐서 무덤이 된 꽃

피지 못한 말은 끝내 해석되지 않는다

나는 너의 붉음을 조문한다
나는 꽃귀신을 깨우고 싶지 않다

바람이 불어와
목련 꽃잎이 네 얼굴 덮어줄 때
마른 그늘에 말을 걸고 싶어서 갸웃거리며
봄이 지나간다

활짝 핀다는 것

맨살 찢어
너를 맞는 것

동공 터뜨려
너를 물 들이는 것

명치 속을 무두질해
너를 쓰러뜨리는 것

염천 눈꽃으로 피어나
너를 홀리는 것

눈꽃 가시랭이 위에
심장을 꺼내놓는 것

활짝 핀다는 것은
더운 날 염병 앓는 것

버들강아지

눈 녹아내리는 도랑물 보러 갔다
"강아지야"
손가락까지 들어왔다 나간 입속
떨떠름하니, 조금은
비린 듯
간간했지
침 묻은 손가락 바라보다
내 얼굴 바라보다
"물만 빨아 먹고 뱉어
 삼키지 말고"
툭 한마디 더 던지고는
슬그머니 달아났지
아지랑이가 마구 아른거렸지
너 떠난 뒤
도랑물 바싹 말라버렸어
그래도, 봄눈 내리는 날이면
그 강아지 혀끝에 감돌아
물길 언저리 더듬으며
오슬오슬 떨어보는 거야

솟대

너는 숨을 모아 북쪽으로 훅 불었지
멀리 강물이 오선을 출렁였어
물결 위로 음표가 모여들고
노래는 지치는 법도 없이 흘렀어

새가 되고 싶어요
오리들은 너의 기도를 물어 나르고
새의 노래 속에도 고통이 있을까요?
너는 허공 속으로 가쁜 숨을 증발시켰지

내 눈은 물속에서 버둥거리는 오리의 발에 꽂히고
네 눈은 허공으로 날아오를 오리의 날개를 쫓았지

새삼 강바람이 그날의 노래를 출렁인다

나를 놓아주세요 이제

너의 영혼은 저기 잠겨 있고
나의 숨결은 여기 소용돌이치는데

앞서거니
꼬리를 떼어내고 일제히 기화하는 오리들
저마다의 소리로 노을은 쏟아지고

미사리 강가,
목을 길게 뽑은 솟대들 줄지어 서서
북쪽을 바라본다

누군가의 꽃

꽃이지

집안을 환하게 만드는
스스로 나비를 끌어들일 줄 아는
지는 모습조차 황홀한 꽃

때가 오면 피어서
사나운 눈을 씻어주는 꽃은
바람의 막내딸
상처의 다른 이름이지

날개를 활짝 펼쳐 보이는 새도
그늘에 앉아 수다를 떨며 까르르 웃는 할머니들도
절름절름하며 헛기침으로 아침잠을 깨우는 아버지도
아직도 모르면서 너를 향해 몸을 세우는 이도
누군가의 꽃

이유를 묻지 마
삼백예순날 붉을

꽃으로 살아

감기

꽃을 피웠다

갈라지고 찢어진 것들이
목젖에서 들끓었다

밤새 한잠도 들지 못했다

아프냐고 물었던가

뼛속 깊이 묻어두었던 말
다 뱉어내고서야 나았다

진달래가 피었다

바람

가시밭도 지름길이야
네 귓속말에 체온 빼앗기고

꽃가루 알레르기에 눈병이 도지던 날
너를 베껴버렸어

함구령 내려놓고
며느리밥풀 앞에서 꼬리칠 때
썩어 문드러진 무지개를 보았어

벌건 대낮에는 피시방을 전전하다가
저물녘이면 새순만 골라 작살내놓는
저 꼴 좀 봐

숨구멍마다 파고들어
불사르고 창궐하다 육신을 흐물흐물하게 짓밟고
흔적 없이 내빼는

너는 잡놈

그냥 떠나

혼자 해산할 수 있어

효소를 담으며

숙성된다는 것은 몸을 내주는 것

너를 굶어서 홀쭉해지는 것
너의 품속에서 후회 없이 나를 지우는 것

석 달 열흘
내 살을 풀어 너의 뼛속에 묻고 싶다
너의 검은 피 모시 보자기로 거르고 싶다
너의 속을 꾹꾹 밟고 싶다

숙성된다는 것은 너를 감염시켜 나를 복제하는 것

나는 몰랐다
숨죽인 별빛에 절여지면서 된맛이 우러날 때

홀딱 빠지고 있음을
알몸으로 거침없이 다가서고 있음을

네가 더 뚜렷해지면서 슬금슬금

나는 맑아지고

헐렁해진 틈새로 훌쩍
동이 튼다

달랑 감

하늘 가운데 찍힌 일 점
무시로 눈총 사며 산다

꾸덕꾸덕 마르는 아랫도리
부는 대로 바람 쐰다

외롭지 않아
굴뚝새야 너 어딨니?

근근이 버텨낸 나날들
지키고 싶은 것이 있어 힘이 솟는다

마른번개 그냥 칠까?
당연히 찾아오는 내일은 없지

짖는다 눈먼 개
울 밑에서 짖는다

영원한 것이 있을까?

견디고 있는 지금이 더없이 자랑스러울 뿐

웃는다
익을 대로 익은 햇살
허깨비라며 웃는다

뒤뜰 달랑 감 하나
내게
눈길 한번 주지 않는다

노을

온전히 쓰러지리라
마지막 한 방울까지 토해내리라
연기 지핀 자리 확인의 인주印朱를 찍으리라
물도 공기도 하나로 붉으리라
고스란히 받아내리라

네 앞에서 똥끝이 탈 때
그리움은 숨길 수 없는 부끄러움으로 하늘을 적시는 것
쓰린 명치끝을 훑어내리며 너를 베끼는 것
너의 분신焚身으로 외로운 내가 시방
너로 죽고 싶어 치열하게 사는 것

절정의 순간
너는 자진하면서 나를 유배하겠지
낯 뜨거운 표절 까맣게 삭제하고
귀신불을 씌우겠지
비린내가 어둠을 관통하겠지

문득, 곱셈으로 읽히는 너

치명적인 변종을 만들리라
불온한 시의 씨앗을 퍼뜨리리라
화상 입은 기억들의 양심선언
쓰러진 자가 온전하리라

3부

감

고향에 내려갔다
어머니는 감을 꺼내오셨다
언 감은 이빨도 들어가지 않았다
어머니는 양푼에 감을 안치고 찬물을 붓고서야
내 손을 잡았다
얼어있었다
문풍지는 부쳤냐~?
연탄불 꺼치지 마라~잉
나는 어머니 말을 건들건들 뛰어넘다가
양푼 속을 들여다보았다
감을 감싼 물은 살포시 얼어서 자궁처럼 둥우리를 짓고
그 속에서 감은 새우잠에 든 태아처럼 포실했다
깜박했다는 듯 물속 얼음을 열고, 어머니는
감을 받아 접시에 담아내고, 나는
자신을 얼리면서 감의 속살에 박힌 얼음을 녹여주는
물에서 눈을 떼지 못하고 있는데
어머니가 툭 한마디 던졌다
야야, 후딱 장가나 가라~잉

꿈결

바람결인지
허구재* 가뿐히 올라서셨습니다.
갓은 아니 쓰셨는데
두루마기가 하얬습니다.
펄펄 끓는 이마 짚어 주던 서늘한 손이
뜨거운 밤이었습니다
어찌 그리 날랜지
숨차게 달려도 따라갈 수 없었습니다.
뒤 좀 돌아보시지…….

문득 깼다
다시 누워보았습니다.

* 허구재 : 안성면 금평마을 올라가는 산길 이름

흰 손

야야, 이 손 좀 봐라
하야니 미끈한 게
꽃 같잖니?

　등목해 준다기에 들이민 등 철수세미로 문지르는 것
같아서 째려봤던, 손톱 밑에 까맣게 낀 흙이 어른 손인
줄만 알았던, 방죽으로 미역 감으러 간다니까 손목이 빨
갛게 부어오를 때까지 꽉 잡고 놓지 않던, 보리밭 맬 무
렵이면 열 손가락 다 배접해 젓가락질이 안 되던, 막둥
이 낳고는 아예 똥걸레를 쥐고 살던

　그 손으로 무친 나물 보리밥과 양푼에 털어 넣고 비벼
주면
　그냥 퍼먹었는데

이팝나무 피를 받았나 보다
구름 한 자락을 밟은 것 같다야
서늘한 말 늘어놓으며
솜이불 속에서 아무렇지도 않게 꺼내 보이던

차가운 손

늦봄
이팝 꽃 따라간 것일까
밟아본 땅 찾아간 것일까
꽃잎 하얗게 날아오른다

냉이꽃

안개인가 하고 보니 꽃이고
꽃이지 하고 보니 만장 같다

들깨 모종하고 돌아오는 언덕
한 무더기 피어서 한 무더기
햇살을 흩뿌린다

꽃피기 전 냉이지
꽃피고 나면 심줄만 불거져야

봄이 가기 전에 볼 장 다 보는 게
풀의 신앙이지

언덕을 터덕터덕 걸어 올라가며
혼잣말을 중얼거리던 어머니가
또 한마디 던졌다

열여섯
꽃도 피기 전에 네 에비한테 시집와서

악다구니만 남았어야

냉이꽃이라도 실컷 피워봤으면……

비문증

모기다!

느닷없이 숨을 다 토해내며
이리저리 눈알을 굴리는 그녀

눈을 들여다보니
탱글탱글한 동공에 내가 들어 있다

모기는 두세 마리로 분열하면서
눈언저리를 끈질기게 물어뜯는단다

감겨줄 수도
거미줄을 쳐줄 수도 없는

깨끗이 닦아줄 수도
반듯하게 다려낼 수도 없는 눈

여태껏
그 눈 속에 핏발만 세운 나다

견디다 보면 좋은 날 오겠지
모기가 새끼를 칠걸

벌레 소굴에서 살다 보니 오늘은
모기가 친근해 보인다더니

아니, 당신도 모기잖아?
화들짝, 여름밤이 깨어난다

그녀의 등

가렵지 않은 것 같은데
등을 들이댔다

톡톡 두드리고
쿡쿡 주무르니
스웨터를 벗어젖혔다

어깨뼈 아래 휑한 겨울 산
살비듬이 하얗다

등을 보여주는 것은
배후가 되어달라는 것

그래서 그녀를 등에 업고
초저녁 별자리를 누볐던가

등이 발갛게 달아오르는데
시원하다며
엄지를 세워 보여주었다

나는 순한 짐승이 되어서
산등을 넘나들었다

대동아유람담

북해도 탄광 갱도 광장에는 마을이 있어야 학교도 있
지 아이들은 탄광 밖으로 한 발짝도 안 나가지 바깥세상
에는 하늘을 떠받치는 받침대가 없거든

미군은 보르네오 정글 속 일본군을 도저히 찾을 수 없
었어야 정글이 너무 황홀해서 그 속에서 헤매다 보면 내
가 왜 여기 왔는지를 잊거든 내 동료 하나는 비경 속에
숨어들어 아직도 세상 밖으로 나오지 않았어 신선이 되
었다나?

장날 밤이면 술상 머리에 병풍처럼 오 남매 둘러앉혀
놓고 그는 매번 비슷한 이야기를 들려주었지만 늘 우리
는 입을 벌렸다 웃어넘기던 이야기 속에 설움이 배어 있
음을 느낀 것은 고향을 떠나서였다 그는 동남아를 두루
기웃거리고 나서야 술상을 내켜놓고는 했다

해방됐는지 몰랐어야 어찌어찌 부산에 떨어졌지 군용
열차 편으로 영동역에 내리니 한밤중인데 가진 게 있니
차가 있니 산길 백 리 걷고 또 걸었지 산짐승도 도깨비

도 안 보였어야

　먼동이 틀 무렵 집에 들어서는데 글쎄 네 엄마가 부엌
에서 불을 지피고 있는 거야 삐걱 문 열고 들어서는
데———

　다들 가서 자라

　그는 늘 이 대목에서 우리를 물렸다
　어머니는 벌써 보이지 않았다

그 이야기

야, 도장빵빵!

시장 순댓국밥집에서 만난 친구는 대뜸 외쳤다
까맣게 지워진 줄 알았던
반백 년 전 희미한 그림자
화들짝 깨어났다

초등학교 시절 머리에 도장버짐이 피었지
무엇으로 나았는지 지금도 모르는
누가 좋다고 하면 안 해본 것이 없었지
빙초산 냄새를 풍기는 골목
도장빵빵! 이라며 아이들은 놀렸지

동생처럼 따르던 숙이와 멀게 한
동네 사람들도 이제는 차마 꺼내기 민망해하는

그 이야기

소주 세 병을 비우고도 시들 줄 몰랐다

친구는 그날처럼 머리통을 툭툭 건드리며 지나가고
나는 아픈 시늉을 하며 자지러지고
그러고도 몇 순배 더 돌고서야
노을이 물들기 시작했다

그래, 간다

원제 내려온당가?

가야제
사는 기 웬수라……
마을은 여전허제?

아이라
위뜸 송생원 또 보내드렸잖녀

떠버리 가셔쓰께 고샅이 시언-션 했겠네?

남가닥길만 잘 다져놨네여

살구 다 익었제?

익어 뭣 혀
서리할 애들이 없는디
사람은 한 자린디 개는 두 자리여

베뜨남인가 있잖녀?

진작 베트맨인가 되어서 날랐다네여

워쩌냐아

머저리만 남아서 지킹께 글제
그래서 모다 니들만 바락꼬 있어

끈으라
끈으랑께?

알써~,
내려오는 기제?

그래, 간다
간당께, 이 머저라

노파심

수건 한 장 똬리 틀어 깔고 앉은
할머니가 나를 빤히 쳐다봤다
숨이 덜컥 막혔다

콩깍지 까던 손가락으로 가리켰다
치맛자락 앞에 펼쳐놓은 자식들

종일 굵은 쥐눈이콩 서 되
검버섯 눌어붙은 더덕 두 종지
입을 반쯤 벌린 자루 속에 무말랭이 있다

주춤주춤 다가가 앉으니
오물거리던 입술을 달싹였다
침 묻힌 말에서 마른 풀 냄새가 났다

달천시장 골목 입구
한시도 가만 놔두지 않고 지나가는 이의 눈빛을 좇는
할머니의 눈에 하루살이가 아른거렸다

키운 자식들 다 빠져나가고 들인 자식들만 지키는
할머니 곁
발이 떨어지지 않았다

눈총

아침 여덟 시 십이 분
뒷문이 열리고 바람이 들어선다
화들짝 깨어나는 교실
의자가 수런댄다
칠판지우개가 뒤뚱거린다
전등이 파르르 떤다

잠시 제자리에서 머뭇거리나 싶더니
바람은 분단 통로를 슬슬 휩쓸다가
청소함 옆에서 소용돌이치더니만
문틈으로 휑하니 사라진다

바람은 불지 않을 때 더 불안하다
무슨 음모를 꾸미는지
어디서 내공을 쌓고 있는지
태풍의 핵에 들지나 않았는지……

쉬는 시간은 없다.
명상시간에도 까딱거리는 눈썹에

바람은 묻어있다. 벌렁거리는 콧구멍에
바람은 녹아있다. 꼼지락거리는 엄지발가락 끝에
바람은 늘 움츠리고 있다

교실에는 바람을 다스리는 눈총이 있다
그래서 때때로 바람은 가슴을 쓸어내리기도 하고
의자에 벌렁 나자빠지기도 한다
그럼에도 거침없이 허공을 내달릴 때
바람은 바람답다

바람이 사라지고 난
오후 세 시
눈총은 멍하니 창밖만 내다본다

그 풀밭에 앉아

한평생 그녀가 놀다간 풀밭에 앉아
바람을 몰아오는 글을 읽는다

배가 등으로 옮겨붙는 하굣길이면
집보다 먼저 달려간 밭
콩잎에 묻어둔 이빨 빠진 옥수수
숨 좀 쉬고 먹자
지금도 말귀 어두워 마음이 헛돈다.

쇠비름 좀 봐라
뽕나무에 걸어놓아도 잘 살잖니?

전쟁 통에도 산만한 배를 안고
호미 가는 대로 써 내려갔다는 줄글의 흔적이
흐릿하게 배어 있는 이랑

어둑해져야 눈뜨는 달 보며
저 갈고리눈이 또 내 등허리 흉본다며
굽혔던 하루를 펴고
풀 더미 위에 호밋자루 내려놓았지

그 풀밭 금잔디 무덤에 들어서야
똑바로 편 허리

평생 허기졌던 그녀의 저 불룩한 배
아직도 나를 배고 있는지

손님

요즘 보여
선하다니까?

안경이 코에 걸렸는지 척추에 심어놓은 나사못이 있는
지 어금니에 덧씌운 금붙이가 내 것인지 모르고 살았어

공장이 망하고 나니 손님이 오더구만 무인도에 들어가
생식을 했지
독 사발을 비우면서 절벽도 뜯어먹어 봤는데

이깟 소주 한 잔 못 비울까?

산만 한 배를 쿡쿡 쥐어박으며 술잔을 벌컥 들이킨다
들이키다 말고 상 위에 탕! 내려놓으며

큰손님 오래 모시면 닮나 봐

힘들다면 살아있다는 거지

내일은 없어

다 마셔버리자

땀구멍마다 불끈불끈 솟아오른다
김 서린 밤이 다 마를 때까지

양복쟁이다

그는 평상복 입은 양복쟁이였다
수습 삼 년 보조 삼 년 군대 삼 년 견디고서 차린 가게
어깨들 바지 주름에 속눈썹이 날아가기도 했다
사는 일이 박음질인지라
한 뜸 한 뜸 떠내려가다 보니 힘줄이 서고
말깨나 하는 깐깐이들 마음 씀씀이 다 꿰매고 나서야
제대로 양복쟁이가 됐다
아내 신발 문수는 까먹어도 웬만한 남자들 허리 치수
는 다 꿰었다
이 바닥 멋쟁이는 그의 바느질 솜씨에 홀딱 반했다
도시로 아들 유학 보내는 이들은 먼저
양복점에 들려 신고식을 해야 했고

얼뜨기도 신사로 만들던 손등에 주름이 접히면서
기성복은 맞춤복의 덧문을 짜깁기해버렸다
십수 년 풍문 속에서만 살던 그를 본 것은 시장 곤달걀 집
양복에는 가봉이 있는데 삶에는 없었다며
탁주로 노을을 씻어 내리는 보얀 모시두루마기
사람들은 여전히 양복쟁이라고 부른다

90

국밥집에서

해거름
거친 들녘을 건너온 사내가 들어서자
아주머니는 인사도 없이
술국 한 그릇을 빡빡하게 말아낸다
몇 술 크게 몰아넣고서야
희끗희끗한 뒷머리 쓸어 넘기며
사내가 술을 따른다

척척하게 땀이 내밴 콧등에 앉은
아주머니의 시선이 따가운지
술잔을 든다 들다 말고
팔을 들어 없는 파리를 쫓는다
볼로 눈으로 옮겨붙는 노을

아랫목이 있어도 등 떠밀리는 게 남자라며
넌지시 바라보던 아주머니는
큰 젖통 흔들며
추가 술국 한 바가지 푹 퍼 든다

슬그머니 어둑발에 잠기는 창밖

4부

갈필

　왔다 가네 는 식구가 있어 감자 몇 알 더 먹고 가네 덥거든 계곡물 한 바가지 뒤집어쓰게나 뒤좇지 말고 어차피 험한 산천 누비는 떠돌이 도깨비바늘 숨어 사는 골에서 만나면 섬뜩한 일 아닌가
　또 봄세

　먹밤
　그가 왔다 갔다

대숲

바람이 책장을 들춘다.
마디마디 박힌 음운音韻
곧게 빼물어서 싸한 절구

볕 밝은 글 읽는 소리다
눈감으니 매 맞는 소리다
숨죽이니 피 뱉는 소리다

속이 비어서 더 야무진 너는
싸락눈 퍼부어도 거침없는 외침이다

두 마디 대통술을 마신다
이마를 두드리는 죽비 소리
별똥이 쏟아진다

댓잎 원고지 칸칸이 괴는 말들
비문秘文을 받아 적고 싶어서
너의 문하門下에 든다

반달과 반달 사이

별밭에 밑말을 묻어놓는 것은
한창때의 기호학

내 등이 고부라져야
네 배가 불룩해지고

바닥까지 비워야 너를 품어
둥근 테에 닿을 수 있는 것

벅벅 지워도 나를 비추고 있는
우물 속의 너

홀린 눈으로
서로의 간을 빼먹으며

턱밑까지 숨을 끌어올릴 때
'찬다'와 '기운다'는 같은 말

반달과 반달 사이

읽히지 않는 천문이 숨어 있어

그 속에서
나는 한없이 미끄러진다

수반에서 내려온 소사나무

나는 없었다

외롭다는 황홀하다의 다른 말이고
아프다는 박수받고 있다는 뜻
나를 비워야 너에게 갈 수 있었다

언제 배불러 본 적 있던가
사과 반쪽에 우유 한 잔
수시로 하지정맥에 주삿바늘을 꽂아야 했다

밝은 곳의 주변은 어두운 곳
공들인 것은 다 남의 것이었다

칼날 앞에서 춤추는 생활은 가라
눈총 맞고 돌아오는 저녁도 가라

모로 걸어도 건너고 싶은 벼랑이 있다
갈채가 뚜껑을 열어젖혀도 견뎌내야 할 침묵이 있다

이제 쏟아지는 햇살에 하품을 뿜어내고 싶다
옆구리에 배바지 걸치고 어슬렁거리고 싶은 골목이 있다

수목원 뒤꼍
수반을 내려온 소사나무 새파랗게 웃자란 가지
지평선을 팽팽하게 당기고 있다

번데기

물레로 실을 풀어낸다
돌돌 구르며 서서히 벗겨지는 우주
죄다 허물어지고 나서 현현하는 몸

제 속을 게워 엮은 우주 속에서
날갯짓 구만리 다 소진했을 야무진 잠을
할머니 곁에 앉아 건져 먹은 적이 있다

미루나무

'텅 빈'이라고 쓴다
'구름'으로 본다
'가득한'이라고 읽는다
허공이 꽉 찬다
필적이 없다 종일 쓰는데

흔들릴수록 힘이 붙는다
난필이지만
하나도 난삽하지 않다
붓끝이 마침표를 찍는 순간
바람도 숨을 죽인다

탈옥수

둑이 무너졌다.
무기수은 유유히 자취를 감추었고
화면은 펄펄 끓는 비린내를 뿌렸다
경보도 있었고 정보도 있었다.
독방에 갇힌 물의 낌새를 느낀 이는 없었다.

장어나 느껴봤을 선득한 대동보의 심연
가두면, 물도 가둔 이를 가두는 법
사람들이 둑을 다질 때, 벌써
물은 탈옥의 길을 벼리고 있었음을

폭우가 퍼붓던 밤
천둥이 치는 순간 벼락같이 둑은 베어지고,
발도 사슬도 없이 덥석 마을을 덮치고는
순식간에 사라진 탈옥수

한낮 불볕에 달군 근육으로 밤이면
수많은 별들을 낚아채던
그가 깊은 곳에서 침묵한 것은

둑의 장심을 짚어본 것이고
이슬비에도 물결을 둑까지 밀어낸 것은
익혀 둔 길눈을 되짚어본 것

한번 떠난 물은 다시 돌아오지 않았다

마중물

물이라 쓰니 너는
글이라 읽는다
물은 스르르 흘러내려서 뱃속을 파랗게 물들이고
글은 포르릉 메아리쳐서 이마를 말갛게 헹군다
바람 없는 날에도 물비늘은 끝없이 고꾸라지고
바람 앞에서도 물 낮은 징검돌을 밀어 올린다
다시 물이라고 쓰니 너는
길이라고 받아넘긴다
길이라,
너를 마중하는 물이 너에게 가는 길을 열어젖히려나
사춘기를 만난 물이 들녘을 붉히듯이
새물이 터지려나
팔뚝이 시큰해지도록 펌프질을 해 본다

걸리고

너와 헤어진 뒤 돌아서는 말에 걸리고

한곳으로만 모이는 낙엽에 걸리고
물구덩이에 빠진 얼굴에 걸리고
하루하루 말라가는 달력에 걸리고

눈맞은 간판의 토막 난 글자에 걸리고
꺾인 억새의 재채기에 걸리고
부릅뜬 사슴벌레의 먹눈에 걸리고

그림자 몇몇 서성이는 골목에 걸리고
까막까치가 물고 온 저녁놀에 걸리고
또박또박 따라오는 구둣발 소리에 걸리고

슈퍼에서 막 사온 막걸리 앞에 놓고 웅얼웅얼

눈 눈 눈

벗길수록 굵어지는 소문의 진원지가
형형색색 파헤쳐지던 주말

설악산으로 놀러 가자 하니 아내는
북악산이 더 기묘하다 한다

파란 대문 앞에 눈 눈 눈
눈발이 퍼런 서슬을 돋울 때

튜브히터를 꺼내려 하니 아이들은
백만 송이 촛불이 훨씬 따뜻하다 한다

열탕 속에 앉아 있어도
소름 돋는가

눈은 눈을 부르고
구를수록 뜨거워지는 눈뭉치

순식간에 녹다가

일시에 환하게 살아 오르는

눈부신 눈의 수상한 눈싸움에
하늘이 바닥을 드러내 보인 날

광화문 네거리
밤새 다져진 알몸의 눈들

새끼줄은 툭툭

손바닥을 맞대어 문지르고 비볐다
빌듯이, 문질러 비비니 꼬였다

야무지게 꼬지 못했다
아무것도 묶을 수 없었다

뒤틀려 꼬이기도 했다
지푸라기 몇 잎 더 넣고 고쳐 꼬았다
거기서 거기였다

허리가 아파왔다
거꾸로 꽈 봤다
꼬인 가닥이 풀어져
그르치고 말았다

너를 견디는 일은 문지르고 비비는 일
흥건히 목이 말랐다

너를 묶으려 할 때마다

새끼줄이 툭툭 나가서

지문이 다 닳도록
나를 오롯이 꼬아야만 했다

쇠똥구리

길을 나선다
제 몸의 열세 배 넘는 똥을 안고
거꾸로 서서 거꾸로 간다

소 발자국을 만난다
또르르
똥이 굴러떨어지면서 그만
바닥에 내팽개쳐진다
뒤집힌 그가 버둥거린다

할퀸다
갈고리발톱으로 냅다 허공을 할퀸다
허공 한쪽 벌겋게 부어오른다

모른다
어찌어찌했는지 모른다
그가 발자국을 살핀 뒤
다시 간다
거꾸로 서서 동그래진 똥을 안고

거꾸로 간다

그의 등에 햇살이 부서진다

만년필

불면의 봄날을 함께 걸은 언청이
헐거운 머릿속 나사못을 굴리며
먹통의 문법을 꺼내주었지
실룩이다 삐죽이다 부르튼 입술
사각사각 제 살 갉아먹으며
수시로 새어나가는 말들 절뚝대는
마른강 어떻게 건넜는지
굄돌 빠진 접속사들의 늪
소름 돋는 행간의 어둠을 더듬으며
입만 벙긋거리는 문장들 또
얼마나 에돌았는지
새벽이면 신열이 오르고
빈말만 끓어 넘치는 지면紙面
갈고리달이 흘겨보았지
내 사랑의 더께만큼이나 녹슬고
물기 마른 언청이, 이제는
말문 닫고 껍질 속으로 들어간 달팽이 되어
긴 잠이 들었어도
내 손때 촘촘히 밴 너를 만지면

새벽 신열 다시 살아 오르고
낡은 흑백 필름 휙휙 스치는
그 봄날 금방 데려다주지

홍어

독설을 품었구나 빗살무늬 진달래
꽃잎 한 장으로
흐트러진 영혼을 꽉 붙들어 맨다

누가 함부로 말하랴 그대를 안다고
도저히 눈을 맞출 수가 없다

상처를 건드리지 않아도
수시로 그대 안에서 침몰당하며

내 모든 촉수는 그대 향해 열려있다

구린내 진동하는 달밤
어찌 감출까 우리의 상간相姦을

눈물 콧물 쏙 빼가는 연분홍
겪지 않고는 다가설 수 없는 그대여
확 뚫는구나! 독설을 삼킨 속

언어의 한계를 뛰어넘는 영원한 스타일

— 이일우의 시

권   온(문학평론가)

1.

비트겐슈타인Ludwig Wittgenstein에 따르면 "내 언어의 한계는 내 세계의 한계를 의미한다. (The limits of my language means the limits of my world.)" 비트겐슈타인의 언급처럼 인간에게 '언어'는 '세계'와 동등한 가치로 다가온다. '언어'의 한계가 '세계'의 한계라면, '언어'의 가능성을 '세계'의 가능성으로 이해할 수도 있을 테다. 우리가 언어를 섬세하게 다루는 장인匠人으로서의 시인詩人을 기억한다면, 시인은 언어의 한계를 극복하고 그것의 가능성을 확장하는데 전력을 기울여야겠다.

이 글은 누구보다도 언어를 자유롭게 다루는 시인의 새 시집을 살피려는 시도이다. 「달천 갈대」「신기루」「거미」「눈의 문법」「활짝 핀다는 것」「감기」「노을」「냉이꽃」 등 시집에 수록된 이일우의 여덟 편의 시를 읽으며 독자들은 시인의 언어 탐색에 동행할 수 있겠다. 이일우가 모색하는 언어의 길은 '나'의 것이자 '너'의 것이다. 또한 그 길은 '당신'의 것이 되기도 하고 '우리'의 것이 될 수도 있다. 이일우의 시가 직조하는 언어의 길을 걸으며 우리가 만나게 될 감각, 상상력, 미학을 예감한다. 놀랍도록 아름다운 빛을 기대한다.

2.

자갈 한 톨이라도 더 움켜쥐고 싶어서
뜨거운 별똥을 받아내야 했다

하루 수만 번 쓰러지고 일어나며
마디는 속을 텅 비웠다

벼락과 태풍의 등줄기를 견딜 때
바람 갈라지는 소리를 들었다

흔들리며
흔들리지 않았다

무시로 혀 내밀어 허공을 핥으면서
누구도 못 알아듣는 말 중얼거렸다

달천 둔치
몽당발이가 다 된 갈대

절뚝거리며
낮달 한입 물고 간다

— 「달천 갈대」 전문

　여기에서의 '달천'이 '달천達川' 곧 충청북도 보은군 속
리면에서 시작하여 남한강으로 흘러 들어가는 강을 가
리킨다면 이 시를 읽는 독자들은 구체성의 현장으로 손
쉽게 들어설 수 있다. 물론 '달천'이 특정한 강江을 의미
하지 않아도 작품을 파악하는데 문제될 것은 없다. '달
천'은 다만 이 시를 읽는데 유효한 참조점이 될 수 있을
뿐이다.

　이 시의 매력은 '갈대'의 강인한 의지력과 무관하지 않
을 것이다. '갈대'는 '자갈 한 톨'을 '움켜쥐고', "별똥을
받아"낸다. "하루 수만 번 쓰러지고 일어나며" "속을 텅
비"우는 '갈대'의 자세는 많은 이들에게 감동을 주기에
부족함이 없다. 무엇보다도 "흔들리며/ 흔들리지 않았
다"라는 4연에 주목하고 싶다. 외부의 흔들림과 내면의
고요함이 조화를 이루는 장면 앞에서 우리는 '정중동靜中
動'의 미학美學을 발견할 수 있기 때문이다.

바람 분다
흔적 모조리 지워진다

수시로 미끄러지는 뒤꿈치
사방 툭 터져야 더 선명한 당신

히잡을 둘러쓰고
해를 등져야 할까?

누비옷을 걸치고
별을 좇아야 할까?

허공 누각 기웃거리다가
흔적 없이 타버리는 숨

어디를 디뎌도 길인데
어디에 닿아도 한데다

알까?
당신이 부른 이 길

—「신기루」 전문

이 시의 제목이기도 한 '신기루蜃氣樓'는 일차적으로 대기 속에서 빛의 굴절 현상에 의하여 공중이나 땅 위에 무엇이 있는 것처럼 보이는 현상을 가리킨다. '신기루'는 시를 비롯한 예술에서 비유적으로 사용되는 경우가 적지 않다. 이일우가 여기에서 '신기루'를 도입한 까닭은 무엇일까? 시인은 지금 '당신'을 찾고 있다. '당신'을 찾아가는 길 앞에 놓인 신비로운 현상이 '신기루'일 것이다.

"흔적 모조리 지워진다" "수시로 미끄러지는 뒤꿈치" "히잡을 둘러쓰고" "누비옷을 걸치고" "허공 누각 기웃거리다가" 등의 어구에 주목하자. 이들 표현은 은밀한 영역을 가리거나 숨기며 또는 지우는 행위와 관련된다. 우리는 때로 눈앞에 무엇이 있는 것처럼 보이지만 사실 그 자리에는 아무것도 존재하지 않는 신기루 같은 상황을 목도하곤 한다. 이 시를 읽는 독자들은 놀랍게도 '선명한 당신'을 찾고 있는 스스로와 마주할 테다. 어렴풋이 보이지만 거기에 없고, 눈앞에 없지만 어딘가에는 분명히 존재하는 '당신'을 찾는 길을, '신기루'가 제공한 사랑의 길이라 불러도 될까?

지문을 풀어 주역의 괘를 짚는다
줄은 수시로 옹알이를 한다
바람 숭숭 빠져나간 자리
줄줄이 흔들리는 음운들
해석은 푸는 것이 아니라 낳는 것

불면의 밤이 오면

기다림의 몸무게는 고작 일 그램
황홀한 나방의 육두문자가 이마를 후려칠 때
눈꺼풀 밖에서 번쩍 드러나는 허기

외롭다는 것은 한 우물을 파고 있다는 것
기다림이 길다는 것
난간과 난간을 건너가는 것

팔목팔족八目八足으로도 다 꿰뚫을 수 없는 음양의 어지
럼증
수만 번 읽어 내려가도 미답인 지문
무릎 먼 곳에서 징 소리 같은 중심이 몰려온다

어둠의 촉수들이 세계의 폐부를 건드릴 때
일신일국一身一國, 꽤 한가운데 턱 버티고 서서
나는 놈만 제대로 손볼 줄 아는
줄 하나로 얻는 천하
———「거미」 전문

　좋은 시는 하나의 대상을 포착하는 동시에 다른 하나
의 대상을 껴안는다. 이 시는 '거미'를 바라보고 집중하
는 동시에 그것을 뛰어넘는다. 이일우는 여기에서 '거미'
와 '세계'를 다룬다. 시인이 주목하는 '세계'는 '거미'의 그
것인 동시에 '인간'의 그것일 수 있다. 그런 까닭에 이 시
를 읽는 독자들은 '거미'라는 작품 제목을 '인간'으로 바

꾸어도 좋을 테다.

 '거미' 또는 '인간'이라는 이름의 주체는 '불면의 밤'에 노출되어 있다. 잠들기 힘든 밤이 찾아오는 이유로 '외로움'을 빼기 힘들 게다. 길고 긴 '기다림' 역시 어울리는 상황이다. 이 시를 더욱 매력적인 작품으로 드높이는 요인으로는 언어의 호방한 운용을 꼽을 수 있다. 3연 3행의 "난간과 난간을 건너가는 것", 4연 3행의 "무릎 먼 곳에서 징 소리 같은 중심이 몰려온다" 그리고 5연 1행의 "어둠의 촉수들이 세계의 폐부를 건드릴 때"를 읽는 순간 우리는 낯선 시공時空으로 이동한다. 이일우의 시는 독자들에게 감각의 혁명으로, 상상력의 탈주로 다가온다.

　　　눈끼리 기대어 건너는 겨울
　　　눈은 눈이 하나도 차갑지 않다

　　　눈은 바닥 깊은 곳에서 글을 쓴다
　　　글은 칼바람의 필치를 익혀서 선이 굵다

　　　밑바닥에 쌓여도
　　　꼭대기에 얹혀도
　　　한결같은 체온으로 서로를 껴안는

　　　싸락눈과 함박눈은
　　　백지 속에서 평평해진다

그 차가운 따뜻함으로
한뎃잠을 자는 것들의 심장을 덥혀주고

깊이를 헤아릴 수 없는 여백의 화법으로
걱정 마라
걱정 마라
오슬오슬 떠는 어깨를 다독이는 눈이 있어

나는

황사 속에서도 한껏 터지는 목련을 보며
깊은 골 바위 응달에 아직도 숨 쉬는
하얀 눈을 들춰보는 것이고

매미 소리가 숲을 떠메고 가는 날에도
정수리에 박힌 설국의 문장을 꺼내
서늘하게 읽어보는 것이다
—「눈의 문법」전문

　　시인詩人은 시詩를 전문적으로 짓는 또는 쓰는 사람이
다. 자연이나 인생에 대하여 일어나는 감흥과 사상 따위
를 함축적이고 운율적인 언어로 표현한 글이 시이므로
시인은 언어에 섬세하게 반응해야 한다. 이 시는 언어를
섬세하게 다루는 자로서의 시인의 숙명을 감각적으로
형상화한다.

이일우가 여기에서 주목하는 시적 대상은 대기 중의 수증기가 찬 기운을 만나 얼어서 땅 위로 떨어지는 얼음의 결정체로서의 '눈'이다. 이 시의 제목 '눈의 문법'에 담긴 메시지는 무엇일까? 시인은 '눈'이라는 대상을 발견한 후 이를 '문법'이라는 특별한 언어 작용으로 꾸민다. '문법'과 관련된 어구를 모으면 시의 본질과 시인의 운명에 가까이 다가설 수 있지 않을까? 2연 1행의 "글을 쓴다"와 2연 2행의 "칼바람의 필치", 4연 2행의 "백지", 6연 1행의 "여백의 화법", 9연 2행의 "설국의 문장"과 9연 3행의 "읽어보는 것이다" 등은 일차적으로 '문법' 계열을 형성하지만 동시에 '눈'의 계열을 포섭하면서 눈부신 겨울 풍경을 완성한다. 우리는 「눈의 문법」을 읽으며 "한결같은 체온으로 서로를 껴안는" 연인戀人이 된다. "차가운 따뜻함"의 현현이 다가왔다.

맨살 찢어
너를 맞는 것

동공 터뜨려
너를 물 들이는 것

명치 속을 무두질해
너를 쓰러뜨리는 것

염천 눈꽃으로 피어나
너를 홀리는 것

눈꽃 가시랭이 위에
심장을 꺼내놓는 것

활짝 핀다는 것은
더운 날 염병 앓는 것

―「활짝 핀다는 것」 전문

　이 시는 단순한 구성을 취하면서도 단조로움을 피할
줄 안다. 이일우는 여기에서 '반복'과 '변주'의 기법을 활
용하여 강렬한 메시지를 전달한다. 시인이 발산하는 전
언傳言은 '너'와 관련된다. 1연 2행의 "너를 맞는 것", 2연
2행의 "너를 물 들이는 것", 3연 2행의 "너를 쓰러뜨리는
것", 4연 2행의 "너를 홀리는 것" 등에서 독자들은 이를
구체적으로 확인할 수 있다.
　작품에 내재하는 화자와 시적 대상으로서의 '너'는 '사
랑'이라는 감정으로 연결되어 있는 사이일지도 모른다.
화자 또는 시인과 '너' 사이에 흐르는 사랑이라는 이름의
강은 매우 강렬한 속도로 흐른다. 우리는 사랑의 상태를
이르는 표현들인 "맨살 찢어" "동공 터뜨려" "명치 속을
무두질해" "염천 눈꽃으로 피어나" 등을 읽으며 그것의
'열도熱度'를 체감할 수 있기 때문이다. 독자들은 이 시를

접하며 연인 사이의 사랑이 "활짝 핀다는 것은", 상대를 위해 스스로의 "심장을 꺼내놓는 것"과 같은 절대적인 경지임을 알게 될 테다.

꽃을 피웠다

갈라지고 찢어진 것들이
목젖에서 들끓었다

밤새 한잠도 들지 못했다

아프냐고 물었던가

뼛속 깊이 묻어두었던 말
다 뱉어내고서야 나았다

진달래가 피었다

— 「감기」 전문

주로 바이러스로 말미암아 걸리는 호흡 계통의 병인 '감기感氣'는 많은 이들에게 익숙한 질환이다. 지금껏 형용사 '익숙하다'가 규정하는 '감기'를 시적 대상으로 삼은 경우는 적지 않았을 테다. 익숙한 대상을 다루는 일은 어렵지 않은 선택일 수 있으나 익숙함에만 머물러서는 곤란할 게다. 독자들은 시인에게 '감기'라는 비근한 대상을 낯선 관점, 새로운 시각으로 표현할 것을 기대하기 때문이다.

이일우가 포착한 '감기'는 신선하다. 그가 바라보는 '감기'는 '꽃'으로 피어난다. 시인은 '아픔'으로서의 '감기'가 '꽃'으로 이동하는 과정을 효과적으로 형상화한다. 이일우에 따르면 '감기'의 '아픔'은 "갈라지고 찢어진 것들"의 소멸로 해소된다. 시인은 특별하게도 "갈라지고 찢어진 것들"을 단순한 몸의 이상異常으로 이해하지 않고 "뼛속 깊이 묻어두었던 말"로 해석한다. 우리는 이 시를 읽으며 '몸'과 '말'의 관련성을 인식할 수 있다. 이 시의 1연은 "꽃을 피웠다"이고 6연은 "진달래가 피었다"이다. 이일우는 여기에서 '감기'에서 '꽃'으로, '꽃'에서 '진달래'로 점프하면서 시적 대상을 구체화한다. 독자들은 이제 잊을 수 없는 '감기'를 얻게 되었다.

온전히 쓰러지리라
마지막 한 방울까지 토해내리라
연기 지핀 자리 확인의 인주印朱를 찍으리라
물도 공기도 하나로 붉으리라
고스란히 받아내리라

네 앞에서 똥끝이 탈 때
그리움은 숨길 수 없는 부끄러움으로 하늘을 적시는 것
쓰린 명치끝을 훑어내리며 너를 베끼는 것

너의 분신焚身으로 외로운 내가 시방
너로 죽고 싶어 치열하게 사는 것

절정의 순간
너는 자진하면서 나를 유배하겠지
낯 뜨거운 표절 까맣게 삭제하고
귀신불을 씌우겠지
비린내가 어둠을 관통하겠지

문득, 곱셈으로 읽히는 너
치명적인 변종을 만들리라
불온한 시의 씨앗을 퍼뜨리리라
화상 입은 기억들의 양심선언
쓰러진 자가 온전하리라

—「노을」 전문

　스타일리스트로서의 이일우의 면모를 여실히 보여주
는 시이다. 5행으로 구성된 1연은 각각의 행이 모두 '~
리라'의 형식으로 마무리된다. '반복'을 활용한 리듬감이
1연을 읽는 이의 집중력을 키운다. '~리라'의 반복으로
진행되는 1연에는 주체의 강렬한 의지가 담겨있다.
　5행으로 구성된 2연에서 2행과 3행과 5행은 '~는 것'
의 형식으로 마무리된다. 시인은 2연에서 '너(네)'를 4회
소환한다. '너'는 시적 화자 '나'와 다부지게 어우러지면
서 '그리움'과 '부끄러움'이라는 소중한 감정을 불러일으

킨다. 역시 5행으로 구성된 3연에서 2행과 4행과 5행은 '~(하)겠지'의 형식으로 종결된다. 이 시의 결론에 해당하는 4연은 5행으로 구성되어 있으며 2행과 3행과 5행은 '~리라'의 형식으로 마무리된다.

시인은 1연과 4연에 동일한 서술어를 배치함으로써 수미상관의 방식을 취하고 있다. 이일우는 여기에서 '반복'을 활용하여 개성적인 스타일을 실험한다. 이 시의 제목인 '노을'은 일차적으로 해가 뜨거나 질 무렵에, 하늘이 햇빛에 물들어 벌겋게 보이는 현상이다. 시인은 '노을'을 자연 현상에 국한하지 않고 '나'와 '너'의 관계로 확장한다. 2연 5행의 진술 곧 "너로 죽고 싶어 치열하게 사는 것"을 '사랑'으로 규정해도 좋을까?

안개인가 하고 보니 꽃이고
꽃이지 하고 보니 만장 같다

들깨 모종하고 돌아오는 언덕
한 무더기 피어서 한 무더기
햇살을 흩뿌린다

꽃피기 전 냉이지
꽃피고 나면 심줄만 불거져야

봄이 가기 전에 볼 장 다 보는 게
풀의 신앙이지

언덕을 터덕터덕 걸어 올라가며
혼잣말을 중얼거리던 어머니가
또 한마디 던졌다

열여섯
꽃도 피기 전에 네 에비한테 시집와서
악다구니만 남았어야

냉이꽃이라도 실컷 피워봤으면……
　　　　　　　　　　　　　　　—「냉이꽃」 전문

　시인詩人에게는 시안詩眼이 필요하고, 시안은 복안複眼에
가까울 테다. 어쩌면 시인은 이것을 보면서 저것도 볼
수 있어야 하고, 이것을 그리면서 저것도 그릴 수 있어
야 한다. 이일우는 이 시에서 진정한 시안을 가진 존재
로서의 시인으로 등장한다. 흥미롭게도 이 작품을 주도
하는 시적 대상은 '어머니'이다. 시적 화자로서의 '너'는
어머니의 '혼잣말'을 섬세하게 채록한다.
　어머니는 '냉이'와 자신을 겹쳐서 바라보면서 세계를
확장한다. 그녀는 '냉이'를 '꽃' 이전과 '꽃' 이후로 구분하
여 이해한다. 어머니는 '냉이'의 본령을 '꽃' 이전에서 찾
고, 자신의 본질 역시 "네 에비한테 시집"오기 이전에서
발견한다. 그녀에 따르면 냉이는 "꽃피고 나면 심줄만

불거"지고, 자신도 결혼 이후 "악다구니만 남"게 되었다. 시인은 "냉이꽃이라도 실컷 피워봤으면……"이라는 어머니의 혼잣말 앞에서 깊은 영감靈感을 얻는다. 그것은 "안개인가 하고 보니 꽃이고/ 꽃이지 하고 보니 만장 같다"라는 1연의 진술과 연결된다. 삶은 안개처럼 알기 힘든 것이어서 때론 '꽃'처럼 피어나기도 하고 어느새 '만장輓章'처럼 스러질 수도 있다. '냉이꽃'은 이미 뒤늦은 국면에 속한 것일 수도 있으나, 늦었다고 생각하는 그 순간 우리는 부지런히 움직여야 할지도 모르겠다.

3.

이일우의 시집을 여덟 편의 시를 중심으로 헤아려 보았다. 「달천 갈대」는 '갈대'의 강인한 의지력이 돋보이는 매력적인 작품이다. 독자들은 이 시를 읽으며 외부의 흔들림과 내면의 고요함이 조화를 이루는 '정중동'의 미학을 확인한다. 「신기루」를 읽는 독자들은 '선명한 당신'을 찾고 있는 스스로와 마주할 수 있다. 시인의 안내를 참조한다면 어렴풋이 보이지만 거기에 없고, 눈앞에 없지만 어딘가에는 분명히 존재하는 '당신'을 향한 길이 펼쳐질 게다. 「거미」는 '거미'를 바라보고 집중하는 동시에 그것을 뛰어넘는 시이다. 언어의 호방한 운용은 이 시를 더욱 매력적인 작품으로 드높인다. 「눈의 문법」은 언어를 섬세하게 다루는 시인의 숙명을 감각적으로 형상화한다. 우리는 이 시를 읽으며 "한결같은 체온으로 서로를 껴안는" 연인이 된다. 독자들은 "차가운 따뜻함"의 현현을 확인할 수 있겠다.

이일우는 「활짝 핀다는 것」에서 '반복'과 '변주'의 기법을 활용하여 강렬한 메시지를 전달한다. 화자 또는 시인과 '너' 사이에 흐르는 사랑이라는 이름의 강은 강렬한 속도로 흐른다. 독자들은 이 시를 접하며 연인 사이의 사랑이 "활짝 핀다는 것은", 상대를 위해 스스로의 "심장을 꺼내놓는 것"과 같은 절대적인 경지임을 알게 된다. 「감기」에서 이일우가 바라보는 '감기'는 '꽃'으로 피어난다. 시인은 '아픔'으로서의 '감기'가 '꽃'으로 이동하는 과정을 효과적으로 형상화한다. 이일우는 '감기'에서 '꽃'으로, '꽃'에서 '진달래'로 점프하면서 시적 대상을 구체화한다. 독자들의 마음속으로 잊을 수 없는 '감기'가 들어왔다. 「노을」은 스타일리스트로서의 시인의 면모를 보여준다. 이일우는 1연과 4연에 동일한 서술어를 배치함으로써 수미상관의 방식을 취한다. 독자들은 '반복'을 활용한 개성적인 스타일을 기억해야겠다. 이일우는 「냉이꽃」에서 진정한 시안을 가진 시인으로 등장한다. 시적 화자로서의 '너'는 어머니의 '혼잣말'을 섬세하게 채록한다. 어머니는 '냉이'와 자신을 겹쳐서 바라보면서 세계를 확장한다.

이브 생 로랑Yves Saint Laurent에 의하면 "패션은 바래지만, 스타일은 영원하다(Fashions fade, style is eternal.)."
이일우가 이번 시집에서 탐구한 시 세계는 언젠가 대중의 기억 속에서 희미해질 수도 있겠으나, 그가 이번 시집에서 실험한 언어 운용과 시적 스타일은 영원히 살아남을 수 있다. 우리는 앞으로도 시인이 연출하는 언어, 감각, 상상력, 미학의 길이 넓고 깊게 뻗어 나가기를 기원한다.

황금알 시인선